鈴木康之
Yasuyuki Suzuki

人生って大変だ！

僕は蓮田のやっちゃんです

文芸社

皆さんお元気ですか。僕はお金はないけど元気です。

今日は皆さんに会うためにアパートから下駄を履いてやって来ました。皆さんと一緒にゲタゲタ笑うために……。

僕のアパートの家賃はワンルームで二万九千八百円。

人生って、本当に大変なのです。

なんとか屋根のある家に住めるのも、この本のご購入頂いたお客様、御一人御一人のお陰と感謝感激アメアラレです。

僕は蓮田市のやっちゃんです。

僕のギャグの始まりは、運転手に「チョット、チョット」と後ろのタイヤを指さし「後ろのタイヤが前に追いつかないよ」と言ったのが切っ掛けです。ですけどこの話は、よほど親しい人でないと使えませんよ、気をつけてください。

つい先日、皆で集まりましたら、老人ばかり。今は何と言っても日本は老人がですね、六十歳以上が、とにかく多いです。どこを向いても五人に一人が老人、そのうち四人に一

人が老人……この世の中ミイラとゾンビの世界になっちゃいますよ。
人生って大変なのです。

とにかく今の幹線道路には食べ物の店が多いですねぇ。僕はお寿司が好きで先日回転寿司で食べ放題をやりましたら七十皿食べました。そうしましたら首までお寿司が……、もう苦しくて苦しくて。最近は年のせいかあんまり食べられなくなり、僕は胃癌の末期でしょうか。
その後お年寄り様を五人連れて大きな回転寿司に入ったんですよ。そうしたら店員が両手にツバつけて張り切ってましたよ。忙しそうだねぇと言ったら「トイレに中々行けなくて、行

けたら行けたで、今度は手を洗う暇がないんですよ。まぁ何個か握れば手はきれいになりますから」と言ってました。

職人が牛乳瓶の底のような眼鏡掛けて、握るのが速いこと速いこと、まるでロボットが握っているみたい。そうですすロボットなのです。

一人が鮪《まぐろ》食べて「鮪の色が悪いんじゃないの」と文句言ったら、店員の「目が悪いんじゃないの」という言葉が返ってきた。

人生って大変なのです。

おばあちゃんは自分で二度回転しお茶飲んで皿が回転しているのを見ていて目を回して気絶しちゃったんですよ。

おじいちゃんは玉子二皿食べてもう腹いっぱい。もう一人は「寿司は何て言ったって鮪」と、一皿食べたら入れ歯の間にシャリが挟まって入れ歯をバケツでザブザブ洗っていたよ。

あとの一人は牡蠣《かき》の生を食べたら牡蠣が干しガキになっていたんだって。もう一人は回ってくる皿の方を向いて大きいクシャミを続けて三回。店員が「もう帰ってくれないですか」と言っていた。払った金額は五人でたったの八百円、こりゃたまげた。後ろ振り返ったら店員が塩撒いていた。

人生って大変なのです。


年を取ると、もう、ろくなことありません。

足が痛くなったり腰や膝が痛くなったり、注射打ったり薬飲んだり、おしっこしたり。これで人生終わっちゃうのかと……「ソラ大変だ」

今日、僕は病院に行って、「風邪のようだけど少し頭の良くなる薬でもないですかねぇ」と内緒で先生に言ったら、「未だ開発されてません」と。

看護師さんから内緒の言葉、これはまた別の話ですが看護師さんから聞いた話ですけど八十歳ぐらいのおばあちゃんがオシッコするので「尿瓶《しびん》を当ててくれ」という言葉に看護師さんが尿瓶当ててたら大便をしちゃったとか、それも大下痢でシーツは汚すし、凄く臭かったとか。

だから看護師さんの仕事は本当に大変なのです。

また他の男性の患者さんが看護師さんに「煙草吸って来ていい？」と言ったので、看護師さんは「駄目」と言ったのです。そうしたらその患者さんが、「じゃ、今度は空気吸って来てもいいかな」と言ったといいます。空気じゃ駄目とも言えません。

人生って大変なのです。

知っている人が胃癌になってしまったのです。未だ初期だからいいけど、僕はちょっと悪い事をしましたので、依願（胃癌）退職しました。

僕が病院に行きましたら、先生が風邪ひいたのかマスクを掛けていたので、「先生僕が診察してあげますよ」と言ったら笑っていました。

僕は長生きの薬を毎月一回貰いに行きます。そして毎日飲みます。何を隠そう血圧の薬です。ケツに圧力がかかるので血圧が高くなるのです。血圧の薬は一度飲んだら止められないと、他の人はよく言いますねぇ……皆さんそう言うんですよ。僕などは一度飲んだら勿体なくて止められません。

先生が「別に悪いところはありませんか」と訊くので、「目と頭の方が少々悪いで

す」と僕が言ったら「それだけは無理です」と、先生が言ってました。

病院の中にはいろんな症状の人がいるわけですねぇ。若い男の人が凄い格好をしていたのです。

症状聞かない時には最初宇宙人が来たのかなと思いました。本人は首の骨を折ったと言ってました。

人生って大変なのです。

歯医者の先生から聞いた話ですが、先生が患者さんの歯を診れば一目で患者さんが何の職業か判るらしいです。総入れ歯の人を診れば、「あっ、この人は噺家（歯無家）だ」と判るらしいです。歯はなくとも話はします。

僕は骨董品を集めるのが好きで方々のお店に顔を

出しますが、偶《たまたま》入りましたお店には気に入った骨董品はなく、よく見れば店主の方が骨董品でした。

僕も時には贅沢もいいかなと財布と相談し、十年振りにフランス料理店に入ったのです。

久し振りなので頭の中で想像したのです。ナイフはどっちだっけ、左手だっけ、箸は貰えないのかな、食べ方どんなのかな、箸を持ったら端の方から食べるのかな、口はどの位開けて食べるのかな、飲み込む時には喉チンコにあたってクシャミでも出ないのかな、食べつけない物食べてガスがでないかな、下痢はしないかな、フォーク持ったらたい肥を運ぶのかなーと悩んだ末に食べずに帰宅しました。想像で腹一杯になりましたから、想像妊娠もあるのです（ソラ大変だ）。人生って大変なのです。

皆さん年取ると物忘れがひどくなります。

隣組のおじいさんが集金に来て、こちらのおばあさんは金を払っても領収書を貰わず、預かった方も貰ったのを忘れ、またおじいさんが集金に来るのです。

おじいさんが犬に餌をやると犬は食べます。おじいさんは最初やったのも忘れ何度も餌をやり、犬も何回でも食べます。ですからおじいさんの家の犬は、まるまる太っています。

これの繰り返しで一年が経ちます。

僕も年を取って本当に物忘れがひどくなってきました。

スポーツ選手や芸能人の名前が中々出てこないのです。出るのはオシッコだけです。ですから今一番気をつけていますのは貸したお金は絶対に忘れないこと、借りた物は頭のためにすぐ忘れるように、いつも心がけているのです。

人生って大変なのです。

年を取ると、ろくな事がありません。ここのところ、ガソリンは上がるし株は下がるし血圧は上がるし、エレベーターと同じです。

僕はアルコールの飲みすぎでアルチュウハイマーになってしまいました。

人生って大変なのです。


中高年になりますと運動しなければ必ず太ってきます、体中に脂肪が付きます。食っちゃ寝食っちゃ寝をしていれば豚にもなります。豚でしたら黒豚の方が美味いのです。

豚も運動すれば痩せるのです、運動しないから太る

のです。

皆さん、脂肪が付き過ぎましたら市役所へ「シボウ届」を出さないといけません。

人生って大変なのです。


とにかく年配者が集まればお墓の話や養老院の話、葬式には幾ら掛かるとか、お返しにはどういうものがいいとか、こんな話ばかりです。

年取るとろくな事ありません。


年を取りますと老眼にもなります。老眼鏡を買うのでしたら百円ショップが一番安いのです。

度数の二・五でも三・五でも百五円です。安くてもよく見えます。だけど僕はどんなによく見える老

眼鏡掛けても、どんなにいい眼鏡掛けても、眼鏡二つ重ねても、読めない漢字は読めないのです。

人生って大変なのです。


中高年になりますと目も悪くなってきます。皆さんもこんな経験一度くらいあるでしょう。頭洗う時、今日のシャンプー泡が出ないなぁと思って、今度は頭にリンス付ければ見事に頭が泡だらけに……本当にこんな時泡食っちゃいますよ。

だから人生って大変なのです。


僕の家にはじいちゃんとばあちゃんがいます。

ばあちゃんがじいちゃんに「血圧の薬飲まないと長生きできないよ」と言ってる。男性の賞味期限は七十

八歳、じいちゃんの年はもう九十三歳だ。これだけ生きればもうおつりが来るよ。

じいちゃんが椅子に座って居眠りしていた。「そんなに眠かったら布団入ってゆっくり寝た方がいいよ」とばあちゃんが言ったら、じいちゃんが「それじゃ永眠になっちゃうよ」だって。未だボケていない証拠です。

人生って大変なんです。

僕も同窓会に毎年参加していますけど、若い時は話題が違いました。

最初のうちは今度の旅行は北にしようか南にしようか、山にしようか海にしようか、そして子供は何

人で男か女か。そして孫の話になり、そのうち十年ぐらいたつと年金は幾ら貰っているとか退職金はどのくらい出たとか、墓地は買ったとか親が亡くなったとか、まぁこんな話ばかりの世の中です。

年を取るとお金も無造作にポケットに入れてお金を落としたり、払おうとしたお金はシワくちゃで顔と全く同じです。人生って大変なのです。

木にも年輪があるように人間にもシワの年輪が出てきます。シワとシワ同士が結婚すれば幸せです。

最近は不景気なので物価は上がるばかり。本当に上がってきましたですね。下がるのはチンチンとパイパイくらい……「ソラ大変だ」

若い時は皆さん誰もがいい歯をしていましたね。真っ白な金隠しのような白い歯。目は鮪のような綺麗な目、眉毛はドジョウがノタウチ回っているような眉毛、口元は靴べらのような唇、アゴは花王石鹸のマークのようです。

人生ってあまり欲がありすぎても駄目ですね。考えてみてください、体が弱かったり自分が熱を出して寝ている時、ああ、こんなに辛いんだったらお金なんかなくてもいい、仕

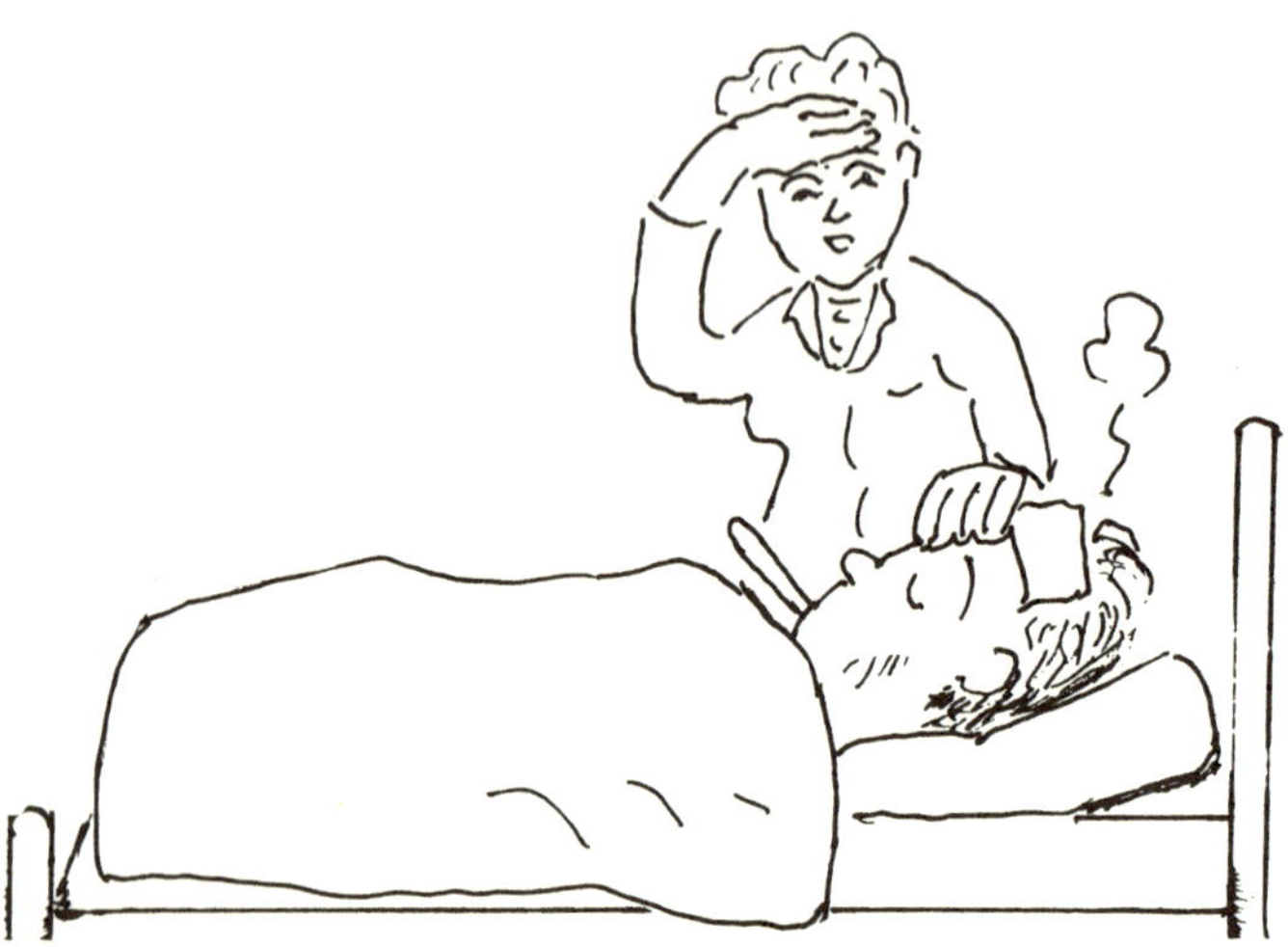

事しているほうが未だましだと思ったことありませんか。元気になればなったで今度は、お金が沢山あればなぁと思ったりすることありませんか。

だから上を見たらきりがないのです。

株もそうです。もっともっと上がるかなと思って持っていればどんどん下がってくるし。野菜の蕪《かぶ》を持っていても腐るだけです。

金の延べ棒だって同じです。戦争が始まれば金が上がるかと思えばどんどん下がってくるし、エレベーターと同じです。

中にはエルメスのブランド品の豪華なバッグとかをたくさん集めているお金持ちの人がいますが、僕は貧乏で買えないので鯉のヘルペスで我慢しています。

人生って大変なのです。

グループの集まりでもそうです。会費制にすれば会費分だけ飲まないと損をするとか欲出して、たらふく飲んで家に帰ったら、大下痢になったり吐いたり、天井がグルグル回っていたり。

人生って大変なのです。

何かいい事ないかと宝くじを買えば当たるどころかバチが当たります。

ディスカウントで安い物だけ選んでも損をしますよ。例えば鋸を買うのでしたら、いい物を買った方がいいですよ、皆さん。安い鋸を買いますと、垂木切っても切れないで息の方が切れます。

ディスカウント・ショップには何でもあると言う人がいますが、ないものが二つあります。

それは棺桶と男女。これだけは売ってくれないのです。

マイナスドライバー一本買うのに千円前後するからといって百円ショップを思いっ

き、車を運転し百円ショップの店に行き、買って駐車場へ戻れば車のドアがモデルチェンジしていて、板金塗装で十万円も掛かっちゃったりして……。

モデルチェンジと言えば、僕が車で走っていましたら、普通車とミニパジェロが目の前で事故を起こしちゃったんですよ。そうしたら普通車は傷一つなくても、パジェロはさらにミニパジェロになったのです。

人生って大変なのです。

車と言えば、先日ばあちゃん連れて乳母車でなくて最高級車でドライブしてたんですけど、ちょっといい車でしたので、ふかしましたらスピードが出過ぎちゃって高速道路で覆面パトカーに捕まっちゃったのです。

「ばあちゃん、覆面パトカーにスピード違反で捕まっちゃったよ」って言ったら、ばあちゃんが何て言ったと思いますか。「お巡りさんが覆面被っているのか」と言いましたよ。

人生って大変なのです。

覆面被るのはプロ野球の新庄選手かプロレスのデストロイヤーでいいのです。

最近は飲酒運転に相当厳しくなりました。ですので自転車で飲みに行く人が増えました。ですが今度はその自転車も飲んでいると酒気帯びや酔っ払いで捕まるという規則ができました。罰金は五十万円以下らしいです。そのうち歩いていても逮捕ということもあるかもしれません。

僕なんかはいつも親しい友達四人と車を運転し居酒屋に飲みに行くのですが、帰りにはエンジンを掛けないで一人は運転席に、あとの三人は運動不足解消のため、頭にグルグルとハチマキをし車を押しながら帰って来ますので、酔いも醒めるけど未だ一度も捕まったことがありません。警察官に見られましたけど、警察官はこれは面白いと記念写真を撮って笑っていました。

また飲酒運転の取り締まりが厳しいので、どこの店も売上が落ちたと言ってました。ですから僕がいっぱい来る方法を一つだけ教えてあげますよと内緒で言ってあげたのですよ。「ただし、お客様が来て来てどうしようもないですよ。今度は店の方から断るくらいになりますよ」って。「その一つの方法はお客様全員に只で飲ませる。いっぱいお客さんが来ますよ」って、言ったら「それじゃ天国へ行くようになっちゃ

うよ」だって。

ここのところ、居酒屋に行きますと、どこのお客さんもジャンケンをやっているんですよ。聞きましたら帰りの運転手を決めるためですって。

だから人生って大変なのです。

他のお店に行ったら、暇でテレビ見るのが忙しいと、夕方五時には相撲を見て六時からはニュース聞いて、それからは「ファイナルアンサー」を見て、八時からは「いい旅夢気分」、九時からは「渡る世間は鬼ばかり」それで閉店だって……。

だから人生って大変なのです。

今度は駐車違反にも大分煩くなってきました。こうなるとどこにも止められません。ちょっと止めて買い物をすることもできません。大変な世の中です。どっちみちチュウシャは痛いのです。外へでたら違反で捕まるので家の中にいたら、今度は違反者のダンプでも突入して来るかもしれません。

人生って大変なのです。

また自分の子供が生まれて来る時は五体満足ならいいと思ってますよねぇ……。なのに大きくなればなったで「もっと頭が良くなくちゃ」と思ったりすることありませんか。普通に育てば上等です。また小さい時は食べ物をキレイに食べていい子だねと言っても、大きくなったらなったで、食べれば「また食べてばっかり」……そう言うでしょう。馬鹿でも健康が一番。

人生って大変なのです。

最近は便利なファックスが、どこの家にも入っています。いずれ新聞もファックスで送信される時代になるのです。そうして人間もファックスでどこへでも行けるようになるのです。

国内旅行くにも一分以内で旅行ができます。また海外旅行となれば最低一週間ぐらい休暇取らないと行けないけど、ファックスで行くなら往復で一分以内で帰ってこられるので、その分大いに海外で遊んでこられます。でも飛行機や船、新幹線に乗る楽しみがなくなるのでこのままでよろしいでしょうか。

上を見たらきりがないのです、中には自家用飛行機持っている人だっているんですから……。自分で免許取って僕だって飛行機とかヘリコプターぐらい乗れますよ。お金さえ払えば、最近では宇宙にロケットで旅行するという人もいます。一回行くのに二十二億円かかると聞いています。僕などそんな大金がないのでいつもボラギノールというロケットをイボ痔切れ痔によく利用しています。あのロケットの感触はたまりません……まるで宇宙に行くような気分です。ロケットでも治らなければ山葵《わさび》醤油の中に唐辛子と一味をたくさん入れてよくかき混ぜそれをイボ痔切れ痔にたっぷり

付ければすぐ解ケツします。
人生って大変なのです。

後は僕の一つの楽しみは栃木の別荘に行ってゴルフをやって楽しむぐらいかな。行けば賄《まかな》いもいるし、蕎麦食べたりビール飲んだり、お風呂入ったり足のマッサージをやったり……。まぁ帰りにはフロントへ行って精算して帰って来るんですけど。

僕はお金を支払う時には、相手方に余計に払って失礼しちゃうといけないので、必ず大きい声で「数えてください」と言います。

人生って大変なのです。

土地が広ければ良い家を建ててと思いますが、ホームレスの人もいるってことを考えてみてください。自分からホームレスになりたくてなったわけじゃないと思いますよ。ホームレスの中には社長をやっていた人だって大分いるらしいですから。世の中の景気が悪いせいですね。だけど考えればホームレスの人達は居場所は狭いようだけど境界線がないのですから土地は無限です。そして固定資産税も住民税もありませんから、却って一般の人より楽かもしれません。

人生って大変なのです。

それに人間より犬の方が立派な小屋に入っているんですから。犬もワンルームに入ってワンダフルと言ってました。もっといい犬になると瓦ぶきの小屋に入っていますす。

僕の家には可愛い猫がいます。猫は幸せです。この世の中景気が悪かろうが良かろうが猫は固定資産税とか市県民税等も払わなくていいのです。僕はいつもそう思います。人間には自殺者がいるけど猫に自殺者はいないのです。僕はそんな話未だ聞いたことがありません。猫は給料も貰えないけど使い方も分からないし、支出もないし収入もないし、こんな人生っていいな。猫だから人生でなくて猫生ですね。

何を聞いてもニャオー、お前は馬鹿かと聞けばニャーンとも知らん振り……。

ハンターに聞いた話ですが山鳥を撃ち落とした後、大きな熊が突然ハンターに突進して来たのです。玉切れのためハンターは咄嗟に社会の窓を開け短い鉄砲を熊に目掛けたのです。初めて見る鉄砲に驚き、熊もクマッタクマッタと逃げて行ったといいます。

また焦りもいけないですね。ある男性が、オシッコする時社会の窓のチャックを下ろしたのに、大事な水道管を出す穴がありません。ステテコを後ろ前に穿いているのです。これをチョクチョク間違えて穿く人は後ろと前両方に窓を開けてあるズボラパンツにしたらいいと思いますよ。

トイレと言えば聞いた話ですけど、ある自営業の人が「外の仕事じゃなくてよかったよ」って言ってましたよ。その人は胃腸が弱いらしいですよ。牛乳飲んだりちょっと食べ過ぎたりすると、お腹壊して大下痢になるとか言ってました。

人生って大変なのです。

下痢というのは急に来るらしいですよ。

ひどい時には、二階のトイレに行く時なんか水戸の黄門様を挟みながら、ズボンのバンドを緩めながら階段上がって行くようです。

下痢している時に一番気をつけなければいけないのはオナラをする時。ガスが出るのか御馳走が出るのか、これ自分の判断が悪いと下着に黄色い地図が、それも世界地図ができてしまうのです。

自分の事のように聞こえますか。そうでガス。その人は牛乳飲んでもヨーグルト食べても下痢みたいですよ。

人生って大変なのです。


あとは頼まなくても急に来るのは泥棒か強盗、地震、電報ぐらいです。

大変ですよ人生は。

僕は着る物を大事にします。ジーパンは継ぎあてして穿いています。下着も大事にしすぎてパンツなどはフリル付きになってしまいました。

僕は至って元気です。毎日鉄棒のぶら下がり健康法をやっていますので。男だったら誰もがやってい

ます。股座《またぐら》をみて御覧なさい。これが本当のぶら下がり健康法なのです。

人生って大変なのです。

今のトイレにはウォシュレットというい物ができました。どこの家もウォシュレットを使っています。あれを使い出したら痔の方が治った人が随分いるそうです。そして水圧の強弱が付いていて、出せば水の勢いが強いこと。どのくらい強いのか、ためしに使ってみたら強いこと強いこと、黄門様が二つできるくらい強かったですよ。

昔の話ですが、僕の息子が小さい頃、こんな事がありました。田舎の香水、汲み取り屋さんのバキュームカーが来た時に、作業している姿を見て

いたのですね。ホースのボコンボコンて動くのが面白いらしく、よく見ていました。汲み取り屋さんが帰ったあと、掃除機と洗面器を出してマスク着けて同じ事をやっていました。

人生って大変なのです。

そういえば海外旅行が大分流行っていますねぇ。ゴールデンウィークで五十万人くらい行くらしいですよ。皆さん行ってますか、ハワイとかヨーロッパとか……。外国なんか行くんじゃ英語が少しは喋れなくちゃ。友達なんか英語はペラペラだけど僕はプロペラなんですよ。

最近では禁煙席が増えています。飛行機などでは機内でも吸ってはいけないのです。ましてトイレの中でも煙草を吸ってはいけないのです。この間なんか友達が飛行機の中

で「煙草吸いたいなぁ」って言ったから、僕は「吸うのだったら外で吸ってこい」と言ったのです。機外なら大の字でも煙草十本マトメて吸っても安心だよと言ったのです。僕らはヨーロッパなど行けません。七日から半月くらいも商売休んだらとんでもないです。四日以上休んだら「ここの店も店じまいかぁ。よくここまでもったよなぁ」と言われるのがおちです。
人生って大変なのです。僕はヨーロッパでなくてせめてハラッパが精一杯です。「ソラ大変だ」

パスポートなしで海外と言ったら近所のラスベガスかニューヨークのパチンコ海物語くらいか水戸の黄門様くらいです。パチンコはですね、長く同じ台でやっていますと疲れてきます。財布の中身も疲れてきます。パチン

コは現金吸い取り機なのです。

人生って大変なのです。

またパチンコをやって損をしちゃった時、……そりゃあパチンコ屋だって商売なのですから、そら分かります、人件費使ったり電気使ったり……僕は思ったのです。電気点けないで真っ暗闇でもいいからパチンコは出してやればいいと思ったのです。

人生って大変なのです。

ナンニしたってパチンコで家なくしても家を建てた人は聞いたことがありません。

先程ハラッパと言ったけどゴルフ場は今どこも空いています。

昔でしたら混んで混んでショートコース等では

待ちくたびれて、自分の番が来た時には心の準備ができていないので、打てばＯＢ、焦って打てば空振り……。

まぁ場所によっては混んでいるゴルフ場もありますが、だけどほとんどが閑古鳥です。

閑古鳥と言えばどんな鳴き方か分かりますか。カッコカッコって鳴くらしいですよ。そしてあの鳥は静かな所で鳴くのです。ペンペン草が生えているような所で。「ソラ大変だ」

ゴルフは習い始めが面白いですね。ボール目掛けてドライバーで打てば空振りしたりボールが潜っちゃったり、後ろに飛んだりＯＢし

たり。

　キャディーさんも今は年配者が多くなりました。ゴルフをやる方も中高年ばかり。ＯＢすればキャディーさんが「ファー」と狼の遠吠えのように吠えているではありませんか。

　ショートコースワンオンしても上がりは十、プロでもショートで十九回叩くのですから。

　人生って大変なのです。

　ゴルフやっていて一番大変なのは雷……誰でも一度くらいは経験しているでしょう。とにかく自分のアイアンが避雷針（受雷針？）

に早変わりするのですから気を付けなければいけません。

僕はこの間なんか初めて雷に遭ったんですよ。それで雹《ひょう》が降りグリーン上がヒョウで真っ白になったんですよ。もっとタマゲタことにはサブグリーンではライオンまで降ったんですから、人生って大変なんですよ。

僕達の仲間はゴルフでは規律正しい人ばかりでマナーを守っています。プレイしながらオナラしたり。オナラと言えば連鎖反応っていうのかレベルが高いのかラベルが低いのか、まるでオーケストラのようです。

人生って大変なのです。

またゴルフに戻りますけど、キャディーさんに「右はＯＢ、左もＯＢ」と言われて

も、ボール叩けば「ボールに聞いてください」と答えます。ボールは勝手にＯＢ目掛けて飛んで行きますから。クラブ振り回せば大きな芝が鳥みたいに飛んで行ったり……。キャディーさんが砂をその都度入れるのですよ。そうしてグリーン上ではパターを打てば入るか入んないかを「惜しい」とよく言いますねぇ。「惜しい」は絶対入らないのです。

ここで友達と久し振りに会いました。友達が僕に「今はどのくらいで回るのですか」と聞くので、「僕は下手ですから二時間半位で回ります」と答えました。

人生って大変なのです。

最近は景気が悪いせいかゴルフをやる年齢層が上がって来ま

したですね。

定年になった人、また老人クラブの人達が多いですね。そしてキャディーさんもトンボ眼鏡かけて杖ついてボール目掛けて頑張っています。

今の若い人達は給料が安いからゴルフなんかやるゆとりがないと言ってます。今ゴルフをやる人は賞味期限ぎりぎりの人達が本当に多くなりました。

ゴルフはコンペが面白いですよ。罰則つけたり馬券組んだり、優勝すれば優勝カップ貰ったり……。優勝カップが楯の所もあります。この楯は横にしてもタテなのです。「ソラ大変だ」

僕達のゴルフコンペは、パーティの時には毎回

コンパニオンを二人呼んでいます。前回僕が優勝したので今回は僕が幹事の番で、参加人数を確認しました。いつもでしたら大体三組ぐらいは集まるのですけど、都合の悪い人が後から後からでてきて、最後は僕一人でコンペをやりました。ですから僕がまた優勝です。

そうしてまたコンパニオンと一緒にパーティもやりました。宴会も大分盛り上がりました。

だから人生って大変なのです。

ゴルフ場の周りの農家は皆、大地主でお金持ちです。僕などは地主ではないけどジ主なのです。イボ痔切れ痔おまけに脱肛です。

人生って大変なのです。

去年のサッカーワールドカップで、フランスのジダンが頭突きで相手を倒し、大問題になりました。ですけど名前がジダンだけあって、示談にもっていくのが本当に早かったこと。

三月には大事な確定申告があります。僕の所では景気が悪いためどうやって申告するか、これが一番のシンコクです。

つい先日親戚の結婚式がありまして、伯父さん代表で挨拶してくれないかと言われて僕がマイクの前に立ちました。挨拶は初めてなので体がガタガタ震えるし、なんにしても体に冬が来ちゃって、これで喋ったのですから大変です。「佐藤家の皆さん、また脇家《わきけ》の皆さん、ワキガは本当に臭いです」って言ってしまったのです。

挨拶は慣れている人に頼んだのがいいと思

います。

人生って大変なのです。

フィリピン政府が臓器売買を公認したそうです。日本では売買などできません。死んでバイバイになってしまいます。何年かすれば日本も臓器の売買ができると思いますが、そうなればディスカウント・ショップの店員さんがこちらの肛門は痔の手術はあるけれど丈夫そうだから硬い便でも壊れないですよ、また、こちらの大腸はガスが相当たまっても大腸ブーですよと販売しているかもしれません。

人生って大変なのです。
世界情勢を知りたかったら新聞に目を通してください。と言われても僕はテレビ番組しか見ないのです。

新聞に目を通せと言っても目は通りません。

また北朝鮮の拉致問題、政府が外交上いろいろと苦労していると思うのですが、中々解決しないので被害者の家族の方が自らアメリカに行ったり国連に行ったりしているのですが中々ラチがあきません。

人生って大変なのです。

数年間のイラク戦争が終わっても情勢は沈静化へ向かっていません。こうなると僕は忙しくなるのです。店の休みには国連に行ったりイラクへ行ったりイクラ食べたり……。イラクへ行って新政府のお歴々に

会ってユッケとキムチを食べてもらい、キムチよくなって頂き、平和を目指してもらいたいのです。

イラクの砂漠は砂埃で米英の人達は本当に大変でした。僕のアイデアですけど、鼻にフィルターを目にはワイパーを付けて行動すればよかったのではないでしょうか。

人生って大変なのです。

フセイン大統領の息子のクサイ氏はそんなに臭いのか、お風呂に入るのが嫌いでクサイ氏となったのでしょうか。それからイギリスのブレア首相とアメリカのブッシュ大統領と、国会が塞がっていたので蓮田市の自治会館で会って特上カルビを食べながら、集中攻撃の作戦を練りたいと、よく会議をやりました。そして家族会議もやりました。

ブッシュ大統領はいい男だし、イラクの時もブッシュ・ブッシュと、とどめをさしました。「ソラ大変だ」フランスのシラク大統領とお酒を時々飲んだのですが、相当酔っ払ってもあの人は本当にシラクです。

あの時日本人の中には人間の楯となってイラクへ行っていた人がいましたけどタテじゃなくて横になって寝ていれば楽ではなかったでしょうか。

人生って大変なのです。

世界は「平和が一番、平和が一番」と言いながら戦争をやっているのです。パトリオットやスカッドミサイルもトマホークも年数が経つにつれて精度が狂うらしいです。そして使う人間も狂ってきているのです、だから戦争が始まるのです。

ここでまた北朝鮮がミサイルを発射しました。それも

七発。北朝鮮は日本に対して挑戦しているのでしょうか。ミサイルの名前はテポドンでなくてノドンといってました。僕は調べました。ノドンでなくて海老《エビ》天丼でした。

人生って大変なのです。

人間は健康が一番、風邪などひくと咳が出ます。タンも出ます、タンと出ます。ここでタン塩は如何ですか。

僕は若い頃焼肉屋でアルバイトをしていました。あの頃が一番たのしかった。青春時代でした。

出前などもやりました。お客さんにもいろんな人がいました。電話でお客さんから注文が来た時、夜の注文でですよ、「どこどこの角曲がって白い屋根の家で

すから」と言うのですけど、昼間なら見えるけど夜では屋根の色まで見えません。

一番記憶に残っているお客さんは、一人でお酒を飲んでいて酔っ払ってくると公衆電話で知人に電話をするのです。ここまでは普通なのですが、これからです。いい調子で話をしているのかなぁと思ったら受話器は地面にぶら下げたまま、平気で大きな声を出して二十分でも三十分でも話をしているのです。これは凄いと僕は思いました、このような人が俳優になるのかなぁと。

店ではお客様に千枚頼まれますと、ハイ一枚でも千枚です。サンチュにはサンチュベリマッチ……。キムチなど頼まれますとキムチよくデリバリーし、お客様のキムチがよく分かるようになりました。

中にはこんなお客様もいました。「半ライスのお代わりくれるかな」と言うので、いつも来てくれるお客さんだから「少し余計に盛ったよ」と出したら、「こ

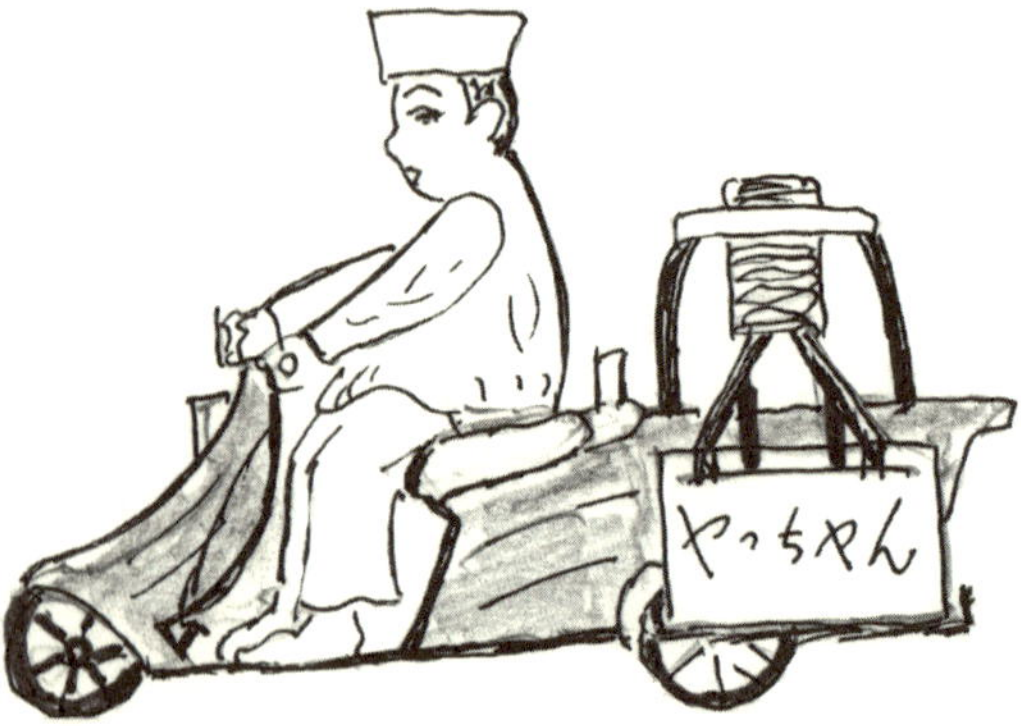

れじゃ多いよ」とお客さん。「これから仕事なんだからそのぐらい食べといた方がいいよ」って言ったら「これだけ食べたら眠くなっちゃうよ」と言ってました。

人生って大変なのです。

またこういうお客さんもいました。「今、仕事の途中なんだけど、大きいトラックをパチンコ屋の駐車場に止めてパチンコやっていたら一時間で駐車料金しっかりと二万円払わされたよ」と言ってました。

豚足はコラーゲンハイ、ハイヒールお待ちどおさま、と交わしていました。カルビの注文にはカルビー河童海老せんと言いながら楽しくアルバイトをさせて頂きました。

最近の業務用の冷蔵庫は扉が四枚と六枚とがあります。間違いますと両方一遍に開く場合があります。

そんな時は顔にガツンと当たる場合があります。これを跳ね返りといいます。開ける時は気を付けなければいけません。

昔、僕らはボットン便所に入ったものです。大を使用する時にはお尻におつりの来るハネッ返りがありました。僕は小さい時、ない頭ながら考えて、底に新聞紙を広げて使用したものです。これで解ケツ。

僕は子供の頃、大人の人をオジサンと呼んでいました。今では反対に、子供達からオジサンと呼ばれているのです。ですけど同年齢に近い人たちにオジサンて呼ばれるとムッとする時があります。が、よく考えればオバサンでなくオジサンなのだから当然だと思う今日この頃です。

人生って大変なのです。

食堂の忙しい時などはイラクの戦争と同じです、従業員の顔を見てください。人間の顔をしていません。インベーダーみたいな顔をしています。店内は、お客様がいっぱい入っている時は活気があって凄いのですけど、調理場では後片付けで地獄です。まるで生ゴミ回収業者のようです。

人生って大変なのです。

人間は働くようにできているのです。「働く」とは「ハタが楽」になるのです。労働者は賃上げだのとストやったりしても労働しているだけで疲れてくるのです。もう年なのです。チンは下がる一方なのです。

四月には入学式、会社の入社式等があります。また社員の歓送迎会に人事異動もあります。これを移動性高気圧と言います。

入学と言えば桜、お花見ですね。桜の満開は綺麗ですね。花に吸い込まれるような

気分にもなります。お酒に花びらが入る頃が最高です。

屋台も出るしトコロテンの美味しい時期です。食べる時お酢を掛けすぎますとそれはスッパイの元になります。

アルコール飲みながら歌……皆で輪になってカラオケもいいですね。演歌など歌ってそれでエンカって……。

アイスクリームも美味しいです。歌も出ます。君をアイス。酒もあんまり飲みすぎますとアホの世界に入ります。

金魚も綺麗でいいですね。涼しそうで……でもあんまり飼うとキンギョ迷惑にもなります。コイも真鯉と緋鯉と錦鯉がいます。皆さんも芸能人に恋をしてください。相手はな～んとも思っておりませんから。

錦鯉は一匹でもニシキ（二匹）といいます。

人生って大変なのです。

また屋台で、浮いている風船を買って家に十日間ぐらい泳がしていましたら風船が浮かなくなってしまいました。ですので自分のへリウムガスを注入しましたらいっきにへこんでしまいました。

先日フラワーセンターに行きましたらポピーがとても綺麗だったのです。ポピーの隣には団子鼻・獅子鼻・鷲鼻、本当に見事なハナでした。

人生って大変なのです。

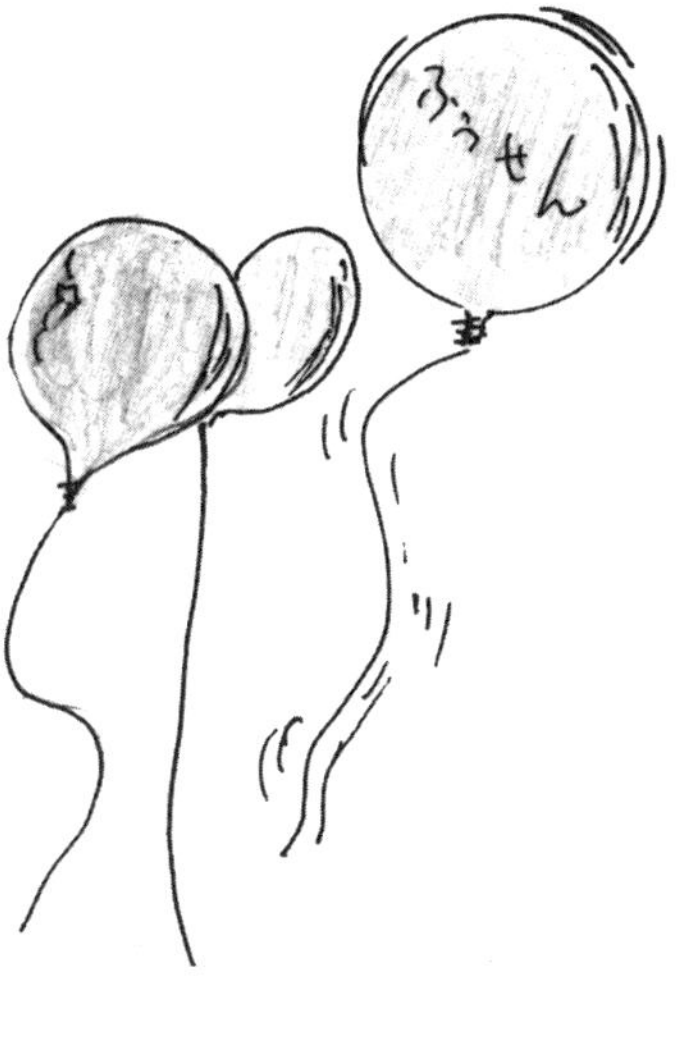

これから楽ができるのかと思えば不出来の嫁が嫁いで来たのです。嫁ご貰った息子

も最初は「お袋、嫁を仕込むから」と言ってたのに、今じゃ嫁に操縦されている始末。孫でもできればマゴマゴするし……。皆さん孫を面倒みるのでしたら責任持ってみなければいけません。もし不注意で怪我させたり死亡させたりしましたら取り返しがつきません。スーパーとかコンビニに行って代わりを買って来て返すわけにもいきません。

人生って大変なのです。

疲れて来ましたら栄養ドリンクを飲んでください。それでも効かない人はハクビシンをシャブシャブで食べればいいのです、それでも効かない人は青酸カリなどをたくさん飲めばいいのです。

今、鳥がバタバタ死ぬインフルエンザが増えています。絶対インフルエンザに罹らない鳥がいたのです。それは借金トリです。

鳥にもいい加減な鳥もいます。

この間なんか朝早く散歩していましたら、鳥が「チョットコーイチョットコーイ」

て呼ぶんですよ。鳥の名前はコジュッケイ。だから大急ぎで近づいたのです。近くに行ったらもう一羽が目の前で「チョットコーイ」て呼ぶんですよ。なのに僕を見たら逃げて行っちゃうんですよ。

いい加減な鳥だなぁと思いました。だけど綺麗な鳥で借金トリより綺麗だったですよ。

人生って大変なのです。

人生には上りもあれば下りもあるのです。バブルの絶頂期には何の商売でも忙しかったのです。皆さんの誰もが儲かったのです。

この世の中よくできているのです。バブル絶頂期のまま一生働いて人生が早く終わっちゃうといけないのでバブルが弾けたのです。今度は貯まった貯金

を世の中に全部吐き出すのです。ですからお金が有りすぎて〝オレオレ詐欺〟に引っかかるのです。うまくできているのです。だけど気をつけてください。せっかく貯めた老後の資金を……。そうでなくても出るのは自動車税、生ゴミ、固定資産税、市県民税、所得税、オシッコ、誰にも頼まれなくても出る物ばかりです。

水だってお金で買う時代です。たかが水なのに高いといって役所に文句言っても結局水に流されちゃいます。お金を払わなくてもいいのは空気ぐらいです。そのうち空気税も国会で取り上げるのではないでしょうか。

人生って大変なのです。

いま日本人はおぎゃーと生まれれば国民一人当たりの借金が六百五十一万円といってます。驚き桃の木山椒の木。

この世の中、この景気では金など貯まりません。たまるのはゴミとストレスくらいです。僕は常に金欠病です。

人生って大変なのです。

この世の中、最近は大学へ行く人が本当に増えてきましたですね。高学歴の世の中、僕の息子もトウダイをなんとか出まして、今はイシ屋をやっているんですが白浜の灯台は階段を上がるのが辛かったと今でもこぼしています。東大・東大と言ってますが僕だって東大の校門までは行ける権利があります。

人生って大変なのです。

先程も言いましたけど、景気が本当に悪くなってき

ましたですね。不景気知らずは火葬場だけです。

僕の家の猫は暢気に遊んでいます。猫はニャオーとしか言わないので僕が猫に調教したのです。そうなればワンとかツウ位は鳴くかもしれないと思ったらここで大発見です。我が家の猫にも特技があったのです。濁音付きの声を発したのです。

僕が知らずに猫の尾っぽを足で踏んだら、猫がギャーと言ったのです。ですから家の猫はニャーとギャーと二つ言えるようになったのです。

我が家には犬もいるのです。犬もただ尾っぽを動かしているのです。犬に聞いたら、動かすところがないからだと言っていました。

景気が悪いので、僕は今、犬に猛特訓しているところです。落ちている財布やお金を拾って来るように仕込んでいるのです。だけどいつも拾って来るのはお金どころか、夜道はオカネェ・オカネェとぶるぶる震えながら、下駄か女性のパンティーしか拾ってこないのです、この犬は変態なのでしょうか（ソラ大変だ）。

人生って大変なのです。

皆さんもたまにはこんな光景みかけるでしょう。

お寺へ行った時、あのお地蔵さんの頭を洗って願かけている姿見たことありませんか。

あんな暇があったら自分ちの風呂桶でも洗っていた方が、どんなに役に立つか分かりません。


銀行のりそなに公的資金、国の税金、皆の税金を補助したこと……二兆円も。総理大臣も簡単に国民に伝えますけど二兆、二兆という金額は大変な額です。お豆腐二丁と訳が違います。豆腐二丁ならスーパーにもありますけど。

人生って大変なのです。

いま現在、子供達の給食費を支払わない人達がいて、その金額は全国で二十二億円、相当な額です、このままでは国の税金でまた支払うのでしょう。僕は思いました。払った人には普通の給食、払わない人には同じメニューのサンプルで如何でしょうか。でも子供達にはなんの罪もありません。

中高年を長くやっていますと疲れてきます。いろいろな病気の出て来る年齢なのです。血圧だの脳梗塞だの糖尿だのと、これからは病院通いが忙しくなる年齢なのです。

高血圧とか脳梗塞の予防には水を飲むのが一番いいそうです。血液サラサラになるといいます。……水槽に入ってる金魚などをみて御覧なさい。いつも水を飲んでいます。ですから金魚は大丈夫なのです。今まで聞いたことがない

でしょう、血圧が高いとか脳梗塞で死んだ金魚の話は。僕も聞いたことがないのです。

ところで血圧の高い人が本当に多くなりました。ですから薄味にした食事を摂ればいいのです。今は薄いのが流行です。テレビの薄型、パソコンの薄型、髪の毛の薄型いろいろです。

人生って大変なのです。

いつだか衆議院議員の辻本清美さんが逮捕されました。辻本さんだけ一人逮捕するのでなく国会の議員さん全員を調べてみれば面白いでしょう。留置場が幾つあっても足りません、国会は毎日が休会です。議員さんもコッカイするでしょう。

最近は電車の中、また公園で、周りを気にせずキスをしているえらい世の中になってまいりました。僕も家に帰ってホチキスで仕事でもしようかと思います。

また最近の若い人達は物を知らな過ぎます。この間なんか、若い主婦が蓮根買って家で包丁で切ったら蓮根が穴だらけでスーパーに返品に行ったとか言ってました。

そして今の子供たちは鯵の開きなどは開いたままで泳いでいるのではないかと言ってました。だから鯵は味がいいのです。

僕は納豆が大好物です。物には皆、男か女かがあるのです。納豆は男です。納豆キンだからです。電子レンジも同じく男です。チーンといいます。

人生って大変なのです。

また、今の若い女性は頭のいい人が多いですね。資格なら何でも持っているとか……。税理士の免許、弁護士の免許、不動産鑑定士の免許など、あらゆる資格を持っ

ているとか。僕はシカクは取れないけど三角くらいならなんとか作れます。
僕は勉強の「べ」がきらいでした。特に数学の割算が鏡に写ってひっくり返っているサマはまるで宇宙を見ているようでした。ルートって言ってました。

今の世の中女性は掃除が本当に苦手らしいです。自分の顔はよく掃除するけれど部屋の掃除はしません。注意すれば反対に「掃除しないで埃で死んだ人は未だ聞いたことがない」と言います。

この数年ＢＳＥで大分騒ぎましたね。アメリカからの輸入は再開しても牛肉の値はそれほど下がらないし、商売している人は大変ですねぇ。特に上がっているのは牛タンで

す。あんな大きい牛でもタンは一本なのです。人間なら二枚舌とかは聞いたことがありますけど。

つい最近、家の近くで踏み切り事故がありました。アアいう事故の時は回覧板を回さなくてもすぐ野次馬が集まります。普段は回覧板回したって時間には集まりもしないのに、事故だ火事だというと、相当寒い中を頼まなくてもジャンパーなど着て百人ぐらいはすぐに集まりますから驚きです。

交通違反で一番多いのがスピード違反だといいます。ですからスピード違反の取り締まりが厳しくなりました。罰金は上がるいっぽうだし本当に高くなりました。ですので僕は有り金叩いてスピード取り締まり機を最近購入したんですよ。そうしましたら感度が良すぎちゃって、自動ドアとか堀江さんの会社のライブドアとかにも感知してしまうのですよ。

人生って大変なのです。

夏になりますと毎年台風が来ます。あの台風は何を考えているのか分かりませんが台風にも都合があるそうです。

台風も日本列島を襲うのが商売だと、また国民を困らせてやろうと思って来るんですよ。僕に言わせれば馬鹿な台風ですよ、風と雨しか運んで来ないのですから。台風は利口ではないのです、頭が悪いのです。渦を見てごらんなさい。どの台風見ても左巻きですから頭が悪いと自分で発表しているのです。台風には右巻きなどありません。

だけどこのところ地球上の気候が少しずつ狂ってきていて、温暖化になって、現在北極の氷が溶けて白熊も棲める状態ではなく、いずれ絶滅の危機に陥るそうです。

そうしてアメリカのハリケーンや日本の台風も風力が増してもっと強力になると、学者は断言しています。それに海の水位も上がってくるし、小さな島は水没してしまう……そんな世の中になってしまうそうです。そして百年後は温度が上がり続けて大変な事が起こると言ってます。でも皆さんは安心してください、その前に灰になっておりますから。

いつだか小泉劇場という選挙がありました。まぁ、あの時は自民党が圧勝でした。だけどこの党がやっても、甘党でも辛党でも何でもいいです。国民が平和に暮らして行ければいいのですから。人生って大変なのです。

僕はお金を貯めようと一生懸命頑張ってきましたけど結局は駄目でした。だけど遣い方だけは誰にも負けず上手いほうです。

　僕はアイデアがよく浮かぶので今まで特許も何件も取りました。ですけど売れる物件は一件もありませんでした。最初に浮かんだ特許は、それがちょっと恥ずかしいのですけど、これがですねぇ、瞬間お尻拭き機、本当に綺麗になりますよ。ですけど女性には成功したのですけど、男性には付録が付いていますので商品化にはちょっと無理が生じ、製品化は中止しました。

　それから今のトイレは本当によくできています。使用する時、せせらぎの音を聞きながらできるトイレが増えてきました。僕にはこれでは未だ不満です。僕のアイデアですけど、大をする時また下痢をしている時に僕は思いつきました。大を使用する時、水洗の水の出る音を常に流すか、花火の音や雷の音でも流すことを思いついた

のです。

これなら皆さんが下痢している時でも、安心してオナラしたり大をしたりができるのではないかと僕は考えついたのです。ある人が「へー」と言ってました。

だから人生って大変なのです。


僕にも最大の特技があります。早寝、早食い、早糞……トイレでは座ったとたんにズボンを脱いで穿いています。これは誰にも負けない特許だと確信をしております。

僕はこのような事を書いて、どんな星座なのか隣の細木数子さんに調べて貰いました。そうしましたら、「ズバリ言うわよ」って言うんですよ。そして僕の星座は魚座ではなくて便座でした。ついでなので僕の血液も調べて見ました。そうしましたらO型でなくてガタガタでした。免許の方は大型です。ここのところ、よく頭が痛くなるので病院へ行ってMRIやりましたら先生が脳味噌は味噌ラーメンの味噌と言ってました。

僕は動物が好きなので小鳥屋さんで手乗り文鳥を買いました。買ったのはいいのですけど文鳥が三日で死んでしまったのです。買う時に五年位は生きますよと言われたのに、小鳥屋に文句言ったら、死んだ時がちょうど五年目だと言われてしまった（ソラ大変だ）。人生って大変なのです。

皆さん、年を取ると一日一日が早く感じたことがありませんか。僕など一年が経つのが本当に早いのです。この間が正月だと思ったらもう忘年会、クリスマス。僕など一年中クルシミマスで一年が経

ちます。

誕生日がくればまた一つ年も増えるのです。どんなにお金持ちの人でも、どんなに貧乏している人でも、大きい会社の社長でも大臣でも、年は増えるのです。また年は絶対に年上の人は追い越せないのです。またどんなにお金出しても子供には戻れないのです。あとは行く先が待っているのです。

寒くなりますと渡り鳥が飛来します。鴨や白鳥が飛んで来ます。白鳥は羽を伸ばしますと大きくて本当に綺麗ですねぇ。だけど白鳥も風邪をひくとハクチョーンとクシャミをするのです。

最近、深夜放送のテレビ・コマーシャル見ていましたら蒸

気の出るアイロンで洋服のシワを伸ばすのをやっていたのです。あれだったら中高年の顔のシワ4×8＝32……弛みきったシワでも簡単に伸ばせると思ったのです。シワがなくなれば本当に若返るのではないでしょうか、赤ちゃんに……。

人間は誰もが生まれて来る時は赤ちゃんです。そして大人になり最後はオムツをあてがい赤ちゃんに戻るのです。

人生って大変なのです。

ある人が「嫁さん世話してくれるかな」と言ったので、僕はどんな人がいいですかと聞きました。そうしたら、その人は、「気持ちのいい人だったら顔はどんな顔でもいいですよ」と言うのです。僕は「どんな顔でも顔がなくては駄目でしょ」と言ったのです。

僕のこれからの生き方として、ちょっと控えめなのですけど……。

今度の休みには先ずパチンコ屋へ行って二万円を十万円に増やして、その十万円でロトシックスを買って、買った中から三億円を当てて、その三億円の一部で世界一周旅行をし、夢にまで出てきたアメリカのラスベガスでスロットをやり、運良く命中、メダルが止まらず百億円を突破、そうして広大な土地でプール付きの豪華な家を買い、家の中にはボーリング場を作り豪華な高級車を三台ぐらい購入し、家の周りにはセキュリティ装置をセットし、あとはボケ防止として適度にアルバイトをしながら余生を過ごすという考えでおります。皆さん僕の夢は小さいでしょうか。

人生って大変なのです。

僕は幼稚園卒業ですが、正直なところ心の中では大

学を出て教授になるか高校の先生にと思っていたのですが、今ではパチンコの先生か酒飲みの先生と呼ばれるようになりました。いずれ僕は学校の先生になるのが夢です。三号車蓮田先生と呼ばれることを唯一の希望としております。

ところで僕の知ってる女性が「美味しい御飯だったらお新香だけでじゅうぶん食べられる」と言ったので、それではと僕が今日から朝、昼、晩、毎日三百六十五日お新香と御飯だけ出すからと言ってあげたのです。そうしたら「それじゃ栄養失調になってしまうよ」だって……。

友達が「何か金儲けがないかな」と言ったので「一つだけあるよ」と言ったのです。

「但し最低二人でしないと作業が進まないよ。すぐ実行するんだったら、今からでもいいからユンボを練習し自由自

在に操作ができるように訓練しないとだめですよ。そうして埃を吸い込むから大きい覆面をしてＡＴＭの機械を一分か二分でトラックに載せて他へ移動させるだけの仕事だから」と言ったのです。

「だけどこの仕事は手際よくやらないとお巡りさんが職務質問に来る可能性があるよ」って言ったら、「それじゃ金儲けではなくて泥棒ではないですか」と言われてしまった。「ソラ大変だ」

人生って大変なのです。

泥棒といえば、家のなかに金目の物がないと、最近は反対に泥棒がお土産を置いていくらしいです。

そのお土産はテーブルの上に糞の御馳走を置いて帰るらしいですよ。入られた家の人も泥棒さんの下痢には、これまたフン慨しております。泥棒さんも大フン闘でした。

十二月は師走といって「師走（指圧）の心母心、押せば命の泉湧く」と有名な人が言っておりました。師走になりますと誰もがなんとなく心まで忙しくなってきます。僕などは常にお金の方が忙しいのです。今は財布と言いますが昔はガマグチと言っておりました。

僕のガマグチはいつも空っぽでガマグチではなくて邪魔口になってしまいました。

つい最近バスツアーで東北へ旅行に行ったのですけど、その中にとても元気で若く見えるおばあちゃんがいたのです。歩きも言葉も達者で、女性に年齢を聞くのはちょっと失礼かなと思ったのですけど聞きましたら八十四歳だって。年を聞いて驚きました。

八十四歳には全然見えませんでした。とにかく元気で

す。僕の勘では八十三歳と十一ヶ月に見えました。
……だから人生って大変なのです。

今の世の中カラスが増えすぎてカラスには敵なしと言ってますが、そのとおりですね。カラスは凄い繁殖力です。どこの町でも都内でも、あまりにも増えすぎて、餌を漁りに農家の野菜やら生ゴミ、何でも食べるのでカラスは人間に嫌われているのです。
ここで僕は考えました。こうすれば人間達からカラスも好かれるのではないでしょうか。カラスを全国民が一斉に捕獲して、カラス一羽一羽にインコみたいに黄色や赤や青の塗料を吹き付けて飛ばすのです。綺麗になるので皆さんから好かれるのではないでしょうか。これなら世界中のテレビ局が取材に来ると思います。

最近では芸能人が絵を描いています。それも皆さん上手いのですよ。僕は描けないので頭かいたり背中かいたりしています。

だから人生って大変なのです。

昨年、競走馬のディープインパクトが有馬記念の引退試合に出場しましたが、騎手の武豊が「まるで空を飛んでいるようだ」と言っておりました。馬に羽を付けたら本当に飛んで行ったかもしれません。

あの馬は偉大です。出だしは最後尾の方でしたけど第四コーナーあたりでは、騎手がこれでは馬くないぞとラストスパートをかけ、見事三馬身離

し優勝です。これぞ本当に武豊とディープインパクトが馬が合うということでしょう。

今の世の中景気が悪いため、僕はティッシュなどは買いません。駅の近辺に行けばティッシュペーパーやパンフレットなどいろいろな物を貰います。若い時は貰う物が違いましたですねぇ。それは何かと言えば、性病とか毛虱とかです。

僕には面白いことを言う最高の友人が一人いるのです。僕よりとにかく面白い人ですよ。顔からして面白いのですから。

その友人がオジサンのお見舞いに行ったら、ご老人が痩せ細り、友人に「死にたい死にたい」と何回も言うので、友人が「分かった分かったよ。だけど未だ連れ合いが亡くなったばかりなので、それに年末も近いし、せめて来年にしてくれないかなぁ」と言ったといいます。人生いろいろです。

最近は事件が本当に多くなりました、それもナイフでの傷害事件。これからは皆さん、外出する時には体に鉄板を巻いて行動してください。それにバラバラ殺人事件……物騒な世の中になりました。薔薇の花なら本当に綺麗でいいのですけどバラバラの人間をお巡りさんが手だ足だと合わしているではありませんか。人間はジグソーパズルではないのです。殺人だけは止めてください。人間はいつかは天国にいくのですから。天国は如何にいい所か……。いい所なのです。世界中、いまだに誰一人戻って来ていないのです。

人間は欲がありますから貰える物なら何でも貰うのです。そして最後は棺桶などを貰って天国へ旅立つのです。……体が冷え切っているため、火にあたりながら。

長い間お読みいただき、ありがとうございました。

著者プロフィール
鈴木 康之（すずき やすゆき）
1943年、千葉県生まれ。
埼玉県在住。
著書に「桜ヶ丘物語」（文芸社）がある。

人生って大変だ！ 僕は蓮田のやっちゃんです

2007年 8月15日　初版第 1 刷発行

著　者　鈴木 康之
発行者　瓜谷 綱延
発行所　株式会社文芸社
〒160-0022　東京都新宿区新宿1－10－1
電話　03-5369-3060（編集）
03-5369-2299（販売）

印刷所　神谷印刷株式会社

ISBN978-4-286-03267-2